황혼에 키우는 꿈

전경자 제2시집

시음사
시사랑음악사랑

QR코드 스마트폰으로 QR 코드를 스캔하면
시낭송을 감상할 수 있습니다

 시낭송 모음 1
1. 그리움
2. 깊은 샘솟는 사랑
3. 북극성
4. 빛나는 별집
5. 사랑비
6. 사랑의 영수증
7. 사랑의 우체통
8. 외할머니의 여름방학
9. 첫사랑 나를 웃게 만든다
10. 첫사랑

 시낭송 모음 2
1. 가을 사랑
2. 낭만 여행
3. 미운 사랑
4. 봄 안개
5. 봄날
6. 봄이 오는 길
7. 여름
8. 운명 앞에서
9. 찔레꽃이 피었습니다
10. 하얀 조가비

 시낭송 모음 3
1. 시간
2. 믿음
3. 벗 하나
4. 소낙비
5. 아름다운 강산
6. 아버지
7. 음악 치유
8. 저물어가는 인사동
9. 해바라기
10. 잊어야 할 첫사랑

 시낭송 모음 4
1. 사랑 앓이
2. 정
3. 오늘 같은 날
4. 봄을 기다리며
5. 바람 쐬는 길
6. 내 마음에 푸른 신호등
7. 경춘선 열차
8. 당신의 이름을 달빛에 묻는다
9. 겨울
10. 얼음지치기

 시낭송 모음 5
1. 만추의 사랑
2. 겨울에 핀 하얀 벚꽃
3. 거울 앞에서
4. 나리꽃은 발레리나
5. 나의 살던 고향은 청계천
6. 바닷가에서
7. 소녀와 소낙비
8. 안부
9. 이별
10. 풋사랑

 시낭송 모음 6
1. 황혼에 키우는 꿈
2. 그 사람
3. 구름이 집어삼킨 달님
4. 희로애락
5. 편지
6. 사랑했던 날
7. 사랑의 열매
8. 시간
9. 두 번째 꿈 꽃으로 피었다
10. 어머니

영상은 YouTube 정책 또는 운영 관리에 따라 삭제될 수도 있습니다.

시인은 자연을 이야기하고 시낭송가는 자연을 품었다
글자는 날개를 달아 언어로 날고 소리는 자연에 눕는다

시인의 말

- 세 번째 23살에 쓰는 연서 -

꿈조차 가질 수 없었던 철부지 소녀는
시를 좋아해 앉으나 서나 시집을 들고 다녔습니다.

소녀는 커서 두 번째 시집 준비로
봄이 오는 길목에서 서성이고
여름밤 매미의 애절한 울음소리에도
가슴이 뛰며 심장이 두근거립니다.

알록달록 명품을 두르고 뽐내는 가을 산과 동행하고
하얀 솜이불 덮고 있는 소나무를 깨워 다시 봄을 부르듯
잠자던 소녀의 꿈을 키워 세상에 내놓습니다.

빛을 잃었던 차가운 돌은
깊이 잠들어 있는 꿈을 깨워
뜨거운 열정으로 붉은 용암을 쏟아내고
내 심장을 두드리며
푸른 하늘을 높이 날아오릅니다.

꿈꾸지 못했던 소녀는
이제 시인이라는 이름으로 작가라는 이름으로
황혼에 그 무엇보다 빛나는 꿈과 희망의 글꽃으로
활짝 피웠습니다.
가슴으로 피운 그 꽃이 사랑받기를 바랍니다.

시인 전경자

＊ 목차

* 목차

황혼에 키우는 꿈

마음의 깊이는 얼마나 될까?
생각의 깊이는 또 얼마나 될까?
사랑을 향해 가는 그 마음은 어디까지가 끝일까?

채워지지 않는 허전함에
간절한 꿈과 희망을 더하기하고
때로는 사랑을 더하고 빼면서
점점 커지는 꿈을 향해 몸부림치는 나는
언제쯤이면 만족할 수 있을까?

하면 할수록 갈급함이 느껴지기도 하지만
그런 부족한 나여도 괜찮아
오늘보다 내일에 나를 위해
말라가는 나무에 물을 주고
꽃 피기를 염원할 뿐이다.

시간

홀연히도 쏟아 버린 바람이
휘감고 있는 이 산자락에
날 머무르게 했던 시간

뜨거운 태양 아래 애절한 사랑가
너를 사랑한 울음소리
이제는 찾지도 않는다

부서진 퍼즐 조각에
꽃비가 가슴을 적시고
잃어버린 영혼
그 사랑 기억도 거미줄에 안긴다

몸부림치는 소리가
시간에 맞추어
아무렇지 않은 듯 흐른다.

빈 둥지

흑백 속의 일곱 송이 민들레 홀씨 되어
각기 다른 환경에서 자라
혼자가 둘이 되고 셋이 되어 네잎클로버가 되었다

눈물 속에 흩어져 버린 실낱같은 시간을
외톨이로 보내야 하는 걸음을 이제야 조금 알 것 같다

품에 안은 사랑 꽃피는 지금, 이 순간
멈춰 버린 찰나에 그댈 보내는 게
괜찮지만 괜찮지 않다

숨결을 고르는 철새
갚을 것도 받을 것도 많은데
다시 만날 수 없는 나는 멍청이다.

아름다운 강산

이른 아침 영롱한 이슬방울
푸른 숲을 지키는 산새들
지저귀는 소리 따라
여름이 영글어 가는 시간

담장을 넘나드는
붉은 장미와 하얀 찔레꽃 사이에서
방실방실 함박웃음
화려하게 핀 할미꽃의
아들. 손자. 며느리
옹기종기 사이좋게 피어난
앙증맞은 보랏빛 제비꽃
노랑 코스모스가 부르는데

아름다운 정원
가득 찬 이 거리에서
나는 호박꽃으로 시작한다.

기억의 강

똑딱, 똑딱 거꾸로 가는
생체 리듬에 맞추어
몸은 늙어가지만

지나온 세월 거슬러
기억의 강에서 되돌린 삶이
내 심장을 뛰게 한다

삶이 쌓여 갈수록
채워지지 않는 허전함은
젊음에 대한 애착 때문일까?

고향 집에 걸린 괘종시계
힘들게 그네를 타면
식구들은 밥을 주어 다시 춤추게 했다

이젠 추억이 되고
흐느적거리는 시계추는
내 심장에 맞추어 서서히 흔들린다.

파도

비지땀 흐르는 여름이 오면
하얀 파도가 부르는
바닷가로 단장하고 달려간다

챙이 넓은 밀짚모자를 쓰고
수영복 샌들 긴 타올을 챙기고
완행열차를 타고 동해로 달려간다

바닷가에서 누군가 통기타를 치면
합창 소리로 침묵은 깨어지지만

파도가 부르는 노래에 이끌리어
파도처럼 밀려왔다 밀려가는
나의 고단한 삶이
하얗게 부서지는 물보라 속으로 여행한다.

겨울

쓸쓸한 쇼윈도 마네킹이
할 말을 잃어버리고
멍하니 앉아 혼잣말로 중얼거린다

줄줄이 문 닫는 상점들
미소를 잃은 마네킹이
미동도 없이
누군가를 기다리고 서 있는데

그 마음을 아는지 모르는지
하늘에서는 가장 멋진 모습으로
하얀 눈이 펑펑 내린다

쇼윈도 유리창 안에 갇혀있는
차가운 표정의 마네킹 앞에서
나풀나풀 춤을 춘다

어쩌지 웃어주어야 하는데
웃을 힘조차 없는 우리의 삶
그래도 용기를 내어 웃어 본다.

당신의 이름을 달빛에 묻는다

그대는
실눈썹 초승달
눈매를 닮았습니다

그 순결했던
영혼을 사랑했던 우리에게
세상을 바꾸어 놓은 푸른 밤

잠자고 있는 침묵은
외로운 흑백이 의미 없는데
보일 듯 보이지 않는
잡힐 듯 잡히지 않는 그대는
이젠 별빛으로 덮어놓고

아픈 마음에 남겨진 기억 하나
꿈같은 사랑
추억 어디쯤 헤매고 있겠지!

경춘선 열차

경춘선 열차에
빛바랜 추억이 차곡차곡 쌓인 날
발길이 여정을 마치고
쉬고 있는 철길 위의 추억을 그린다

춘천행 열차에 젊음을 싣고
열차에는 예쁘지 않은 배낭에
물 바랜 청바지에 통기타와 야외 전축 하나 들고
삼삼오오 모여 떠난다

청량리역에서 출발하는 열차에
몸과 마음을 싣고 입석도 마다하지 않고도
그저 행복했었다

숲길을 달려 청평 대성리 천마산을 지나
남춘천으로 향하던 친구들은
지금은 어디서 무엇을 할까
그때의 긴 머리 소녀들은
지금은 어디서 무엇을 할까

옛 기억 옛 추억은 소중한 나의 보물 중에
으뜸으로 남아 있지만
젊음의 노트에 허락 없이 써 놓은 옛사랑
나는 추억을 더듬는다.

벗 하나

마음속에 벗 하나 있기에
두 손 모아 기도하네
행복하기를

짝 잃은 기러기
하늘을 날고 있는데
목적지는 어디일까

벗어나고 싶은데
아직은
떠날 준비를 못 하고

인적 없는 카페에
끌려가는 시선 이내 마음
날개를 달고 날고 싶은데

하늘을 훨훨 날아가 버린 너는
나를 잃어버린 걸까
외로운 솟대 위로 바람이 분다.

커피 한잔

쓰디쓴 커피 한잔
입속에 베어 물고 시간을 담는다

커피 향기가 내게 묻는다
위험한 세상 이야기를

나는 무엇을
어떻게 이야기할까?

아버지

사랑하는 아버지
보고 싶은 아버지
검은 머리에 커다란 눈 다정한 미소
자녀들에게는 더없이 다정하신 아버지
우리 아버지께서는
솜씨가 무척이나 좋으셨다

당신이 쓰는 포마드 기름을 발라
딸들의 긴 머리를 정갈하게 땋아 내린 머리는
잡지에 나오는 윤기가 좌르르 흐르는 그런 모습이었다

온종일 돌아다니다가 집에 올 때까지
예쁜 모습으로 흐트러지지 않는 곱고 고운 머리
우리들은 서로 아버지에게
땋으려고 줄을 섰다

바쁜 아침 학교 가는 날
딸들의 마음을 알 리가 없으신 어머니는
이리와 하고 등짝을 당기신다
어머니에게 끌려가는
동생들은 입을 삐죽거린다

아버지의 손끝에서는
예술작품이 만들어진다
연필도 연필깎이처럼 똑같은 예쁜 모양으로 깎아주시고
그림도 정교하게 그려주시고
아버지의 손바느질은
미싱으로 박은 것처럼 정교하다

아버지께서 만들어 주신 주름치마는 어찌나 행복했던지
손바느질로 만들어 주시던
아버지의 주름치마 앞에
여섯 딸의 하하 호호 웃음소리가 담장을 넘는다.

운명 앞에서

차가운 숨소리에 벌거벗은 나는
아무것도 아닌 소중한 진짜 내 모습을
이제야 깨닫는다

지금껏 숨기고 살아온 날들
좀 부족했지만 얘기하지 않아도
길을 알려준 달빛

꽃들이 말없이 내게 웃어 주던
사랑 가득했던 날

밤하늘 별빛이
나를 머무르게 했던 은하수 길 따라서
자유롭게 날아가 보자.

고래사냥

천하제일 바다로 고래를 잡으러 떠난다
바다를 떠난 적 없다는 고래를 찾아서

밍크고래 떠나간 바닷가 물보라만 일으키고
풍성한 어망엔 보일 듯 보이지 않는
잡힐 듯 잡히지 않는 그리움만 잡힌다

청순한 천하의 사계 고백을 외면하고
바쁘게 웃으면서 보냈던 날들
하하 호호 감성만 잡힌다

웃음소리가 하나둘 뜨거운 태양에게 살며시 노크한다
흰 구름은 왜 이리도 여유로운지
외로운 내 마음 잘 모르나 보다.

겨울에 핀 하얀 벚꽃

아름다운 겨울 하얀 눈꽃 송이 만개했습니다
하얀 들판에 널브러진 그대 기억을, 그대 추억을
각양각색의 그릇에다가 담아 봅니다

하얀 목화밭에 목화송이 가득 피어난 날
이렇게 멋진 날에 추수하러 가야 할 것 같은
마음을 진정시키며 다가가는 발걸음은 콩닥콩닥

순백의 들판에 미소 짓고 있는 그대를
차가운 바람과 따듯한 햇살에 숨길 수 없는 아름다운
첫사랑 눈사람을 만들어 놓고 떠나간 그대

그대를 찾아봐도 하얀 눈만 피어 있습니다
라일락 꽃피던 그곳에
하얀 눈이 소복소복 쌓인 바람에 날리는 추억
나의 마음 깊이 기억하려고 합니다

하얀 눈 소풍 길 기억 속에 묻습니다.

나팔바지

소낙비가 내리는 오후
빨간 나팔바지의 기억이 나를 부른다
거침없이 우산을 받쳐 들고
거리를 걷고 또 걸었다

무서운 천둥소리와 세찬 바람은
우산을 뒤집어 버리고
나의 등을 사정없이 밀어내는 장대비에
빨간 나팔바지가 춤을 춘다

떨어지는 빗방울 따라
빗속을 걸으며 행복한 나를 만나
묵혀 뒀던 서러움이 쏟아져 내린다

작아진 빗방울의 파장을 보며
빗소리가 만들어 낸 음악 소리에
비에 젖은 나도 빨간 나팔바지도
한여름의 더위를 잊고 말았다.

바닷가에서

잔잔한 음악이 흐르는 바닷속의 파도를 따라
숨결을 고르고 있는 바닷가에
수염고래를 잡으러 떠난다

빈 바닷가에 그리움만 두고
떠나가는 소라껍데기
세상사 굽어보는 갈매기
바람에 쪼개지는 그리움 어찌하나

매서운 바람이 파도를 안고 지키지 못한 약속
검은 모래밭에 다소곳한 너울 파도 밀려드는 제주의 밤바다
칠흑 같은 밤 파도 소리는

저 멀리에 깜빡이는 등대 불빛도
파도가 밀어내는 고기잡이배 뱃고동 소리도
두근거리는 마음이 낯설어지는 건 왜일까?

그건 그대 품에서

네가 쉴 수가 없는 이유가 되어버린

차갑게 얼어버린 정 때문이라며

쓸쓸한 핑계를 대고 있다.

거울 앞에서

언제쯤이었을까 희미하고 소박한 추억이 되살아난다
화창하게 예쁜 날 곱게 단장하고 땋아 내린 양 갈래머리는
분홍색 레이스 장식 핀으로 단장하고

빨간색 미니스커트에 빨간색 맥시롱 바바리코트를 입고
굽이 높은 하이힐 신고 나서니
똑똑똑 하이힐 소리가 메아리치고
은은한 재스민 향기 날리며 걷던 길

소중한 추억들이 뇌리를 스치고 지나간다
결혼을 하고 단 한 번도 입어보지 못한 미니스커트를 가져다가
거울에 비추어 보고 들었다 놓다
몇 번을 거울 앞에서 옷맵시를 보느라 한참을 망설인다

용기를 내어 미니스커트를 입어본다
그때처럼 롱코트에 핸드백 어깨에 메고 길을 나선다

밖에는 코스모스가 가을걷이하는 들판에 오는 사이
가을이 깊어 뒹구는 낙엽을 데리고 간다
바람 쐬는 길 바람 불어 좋은 날.

애잔한 눈

언제였는지 찰칵 소리를 내면서 다가온 너는
검은 네모난 상자였다

가로 7cm 세로 15cm의 마술사
너 때문에 행복했다

비가 오나 눈이 오나 내 어깨 위에서 늘 함께했던
진정한 나의 친구였는데
너의 소중함을 잊어버린다

세월이 변한 만큼 너의 가치는 퇴색되어
날카로운 매의 눈매를 가진 스마트폰이
마음을 읽고 너처럼 나와 함께 한다

그렇게 너는 낡은 몸이 되어
고물상의 손에서도 멀어져 더는 찾지도 않는다

너의 존재가 애잔한 사람처럼 문득문득 생각나고 아프다.

바람 쐬는 길

바람 소리 풍경소리 한적한 숲길
깊이 팬 계곡 능선을 따라서 온 냇물이 키우는 송사리 떼
아지랑이 따라온 버들강아지 기지개를 켜는 봄날이다

숲속의 산새들 새 벗 삼아 찰칵찰칵 소중한 한 컷
숙연해지는 자연환경 둘레길에
편백나무는 우산 없이 비를 맞고 서 있다

노란 우산을 받쳐 들고 성큼성큼 걷는 끝이 없는
편백나무 숲길에 비를 맞고 싶어서 기웃거리는
호반새 짝을 찾아 닿기를 그린다

나뭇가지에 주렁주렁 매달린 삶의 현장
양지바른 산기슭에서 바람꽃이 핀다
개나리 진달래 왕벚나무 예쁘기도 하고 밉기도 하다.

그녀의 봄

바람이 간질이는
오솔길에 사뿐히 내려앉은
내 마음을 아시는지

풀 파도 속에서
춤추며 나는 나비
당신을 사랑하게 하는
하얀 나비

하얀 드레스의 신부와
멋진 턱시도 새신랑
알콩달콩 속에서 열어 본
반짝반짝 빛나는 봄이다.

나의 살던 고향은 청계천

아홉 식구 칠 남매가 살았던 청계천
중구 신당동 171번지 청계천을 사이에 두고
뚝딱뚝딱 이틀 만에 지은 판잣집이
모닥모닥 모여 있는 동네

단칸방에 없는 살림에도 웃음소리가 대문을 넘고
사람이 사는 정으로 행복했던 때
이불 하나 두고 서로 덮으려 잡아당기고
울고불고했던 코찔찔이들

장마철 큰비가 내리면
청계천은 물난리에 세간도 팽개치고
아이들을 깨워 피신했던 광희중학교
밤새 내린 비에 쓸려간 판잣집은
네 집 내 집 경계도 사라진 빈터에
뚝딱뚝딱 집을 짓고 살던 시절
아련하게 떠오르는 기억이
어릴 적 고향으로 나를 데리고 간다

여기 어디쯤일까

변해버린 청계천 새롭게 단장한 남산타워

사라져 버린 동대문 운동장 추억이 전설이 된 서울 청계천

시간이란 놈은 앞만 보고 흘러가니

어쩔 수 없이 따라가야 하지만

그래도 가끔 추억이 돋으면 고향 청계천에 다녀온다

21세기의 서울특별시 중구 신당동 171번지에는

판잣집은 없지만

찔찔이 남매가 살았던 추억은

가슴속에 남아 숨을 쉬고 있다.

편지

보낼 수 없는 편지를 그대에게 씁니다
호반새가 아침을 깨우는 숲길에
아무도 모르게 그대에게 안부를 전합니다

편견 없이 내어 주고 조건 없이 다듬어 주고
보듬어 주던 그 사람
미소로 알려 주고 도와주던 그 사람
왜 이리도 보고 싶은지 그립습니다

그렇게 행복하게 웃던 그 사람이
바람이 불어와도 꽃이 피어도 생각이 납니다
지금, 이 순간 그 사람은 어디서 내 생각할까요

가끔 보고 싶은 그 사람
문득문득 생각나는 그 사람
행복해도 보고 싶고 쓸쓸해도 보고 싶은 그 사람

사랑했던 그 사람의 흐릿한 기억을
한 자 한 자 빈칸에 채워 갑니다.

세상에 내딛는 특별한 발길

여명을 뚫고 떠나 사막을 내딛습니다
다시 만나고 싶은 그날들
아름다운 흔적의 그 시간으로 돌아가고 싶습니다

다시 돌아갈 수 없을 것 같은
시간 여행자의 꿈 사막의 신기루
바람이 허락한 시간
어느 날 누군가가 나를 부를 때 멈추겠습니다

글썽거리는 눈물
앞서간 시선이 전하는 풍경
추억하나 영혼에 품고
뜨거운 햇살 아래 펼쳐지는 붉은 모래사막
험난한 자연 속에서 극복해 온 굴곡진 역사가 빛이 납니다

소박한 행복 소소한 일상이지만
꿈을 꾸며 기다린 세계 속의 여행
그렇게 세월은 가고 있지만
가슴속에 살아있는 붉은 사막의 한복판에서
꿈을 싣고 달려갑니다.

그 사람

시간을 달려서
한참을 서성이다
눈물이 된 사람

꿈같았던
단 하나뿐인 사랑

가시투성이 정원에
아픈 기억도
서로 다른 너와 나

홀로 핀 하얀 민들레
꽃잎 위
날개를 접는다.

낭만의 도시

낭만의 도시에 반응하는 발걸음이
한 걸음 두 걸음 미친 예술가 눈과 귓가에 퐁당퐁당
환호성에 빠진다

선택의 여지없는 인생을 기록하기로 했다
세상 속에서 찾아낸 가치와 가치를 가장 폼 나는 인생 말년에
여행은 탁월한 선택이었다

꿈같았던 여행을 잊을 수가 없다
세상에 공짜는 없다
노력하다 보면 인생은 추억도 되어 주고 쉼터도 되어 준다

자연이 주는 선물은 나를 새롭게 탄생시켰다
틈새를 비집고 들어가 보면 편안한 날 없었던 인생
새롭게 태어난 오늘의 봄꽃이다.

지금 청계천

날마다 증명해야만 하는 삶의 현장
피곤한 몸과 마음 잠시 쉬려고 찾아낸
단풍나무 사잇길
터전을 잃어버렸던 지난날들

여미어진 가슴에 간직한
추억이 전설이 된 서울 청계천에
담장 너머로 기웃기웃 능소화꽃이
끝없이 활짝 웃으면서 자리를 빛낸다.

내일

아침에 보라색 꽃이 활짝 피어
삭막한 회색 도시를 감싸 안은
파란색 하늘 도화지에 그림을 그린다

시퍼런 바닷가 물보라만 일으키고
그 누군가의 잃어버린 시간에
추억을 주워 먹는 갈매기 서러워서 울어대는 바닷가

소리 없이 다가온 사랑은 파도가 화답하고
인도양과 대서양을 건너 그리워하는 우리가 되었다

첫사랑 그대는 이 빠진 동그라미 되어
말없이 그 자리에 빈 가슴만 쓸어내리고
흰 구름으로 추상적인 그림을 그려놓고
말없이 바라만 본다

어둠을 든든하게 지켜주는 샹들리에 불빛이
잃어버린 시간 연기처럼 사라진 기억에
별빛도 달빛도 아닌 가로수길에 투정을 부린다.

아우성치는 가을

뜨거운 태양 아래 뒹구는 가을이
주거니 받거니
가을걷이하는 들판에 바쁜 손길 핑계를 대지만

오랜만에 취해본
익숙지 않은
발걸음에도 이유 있음을

하염없이 울고 있는 풀벌레
내일을 기약하고
내딛는 발길이 이유 있음을

황금 들판에 해님 사랑을 받으며
입술을 적시고 있는 허수아비 이유 있음을

커피 한 잔의 시작으로 가을을 연다.

추억의 정겨운 향기

당신이 차 한 잔에 추억을 마신다면
나도 그 옆에서 향기 나는 추억
한 잔 마시고 싶다

당신이 추억의 그 길을 걷는다면
나도 그 옆에서 추억의 길을
걷고 싶다

당신이 추억을 노래한다면
나도 그 옆에서 당신과 함께
추억을 노래하고 싶다.

흔적

한적한 오솔길에
하얀 눈이 내린다
뽀드득 소리를 내면서 걷는 길

하얀 눈을 기다려 온 겨울날
눈사람을 만들어 놓고
떠나간 발자국

우두커니 서 있는
자작나무 아래
소복소복 쌓인 순백의 겨울이
순결했던 그리움을 덮는다

시린 가슴에 내려앉은
멈출 수 없는 간절한 속삭임

삼켜 버려 찾지 못한
사무치도록 그리운 그대는
그리움만 남기고 떠난다.

청계천

어린 시절의 내 고향 청계천은
복개천의 잠에서 깨어나
유리알 같은 명소의 역사를 쓰고 있다

판잣집이 서로 뒤엉켜 있는 고향 집은
북적거리며 살았어도
웃음소리가 담장 넘어 퍼졌었다

장맛비에 넘치면
수재민이 되어 맨몸으로 피신하는 날에는
웃음마저 비에 젖었었다

청계천 복원사업으로 설왕설래였으나
맑은 물에는 물고기가 살고
아이들에게 놀이터가 되어 빛나고 있다.

소나무길

서글픈 소나무는
칡넝쿨에 휘감기어
숨결을 고르고 있다

예로부터 이 강산은 금수강산
사시사철 푸른 소나무는
칡넝쿨에 몸을 내어 주고
빛을 갈망하고 말없이 서 있다

터를 잃은 소나무는
칡넝쿨에 휘감기어 숨결을 고르는데
미국자리공 유해식물이 자리를 잡고
세를 키우고 있어서 소나무는 힘겹고 버겁다.

어머니

새벽의 신선한 맑은 공기 마시며
하늘에 고한 그대의 마지막 인사
달콤한 약속을 하고
무지개 꿈을 만들어 놓고 떠나간 그녀의 꽃길

사랑만 남겨두고 간 그 사람 하얀 눈비가 되어
내가 누구였는지도 모를 어느 잊힌 세월 속에
이름 석 자 짙은 눈썹 하얀 얼굴
가끔 화장을 고치는 평범한 여인의 절절한 사연

사랑을 잃어버린 공작새의 하얀 깃털
삼십 촉 백열등 아래 놓아 버린 꿈같았던 원칙
날카로운 가시를 숨긴 짝사랑의 향기를 내려놓고
먼지처럼 연기처럼 사라지는
너를 안고 흉내만 내고 살아낸 서툰 삶

해 질 녘에 잃어버린 어제와 새로운 오늘은
또 새로운 내일을 준비하러 가고 있는
나를 보듬어 안아주는 희망이다.

무한도전

영원한 숙제는 없다 비겁한 나를 외면하고
지금도 그때처럼 음악을 틀고
네가 없다고 투정을 부리면서 당당한 나

개선장군처럼 나는 지금도 전쟁 중
반찬은 반찬가게로
밥은 먹어야 하니 외식하러 간다

청소는 로봇에게 시키고
세탁기는 혼자 빨래 잘하고 있겠지!
커피 한 잔 앞에다 두고 하하 호호

배달 음식은 먼 길 마다치 않고
집 앞으로 가져다주는 배달의 민족이다

21세기의 IT 강국 파이팅 코리아 자랑스럽다.

시간을 담는다

눈이 부시게 아름다운 날 하늘을 올려다본다
하늘을 향해 날아가는 내 마음 비몽사몽
얼음 동동 띄운 냉커피와 함께 데이트를 시작한다

주말에는 수많은 사람이 발 디딜 틈 없이
인산인해를 이루고 있는
화서문 성곽을 따라 걷는 길

바람에 날리는 갈대밭에 흩날리는 머리카락 사이로 들어온
방화수류정에는 수많은 사람이 함께 모여
한 컷에 소중한 시간을 담는다

시간을 거슬러 올라가 정조대왕을 만나 뵈올까?
붉은 끝동 치마저고리 무수리가 되어도 보고
상궁도 되어 보고 싶은 시간을 담는다.

불장난

남모를 시간 사랑이 식지 않은 첫사랑
용광로에 불을 지핀 불장난 아픈 상처는
사랑이 피워 놓은 파란 불꽃
꺼지지 않는 아슬아슬한 순간이다

마음의 공허함은 무엇일까
아파하는 시간 헤아릴 수 없는 밤
불태우지 못하고 접은 사연을 담는다

갚을 수 없는 은혜의 선물은 하지 않고
거닐던 그 언덕에 서
더는 기다릴 수가 없다고 전해 본다

잔잔한 파도에 똑같은 음악이 나를 안고
침묵 속에서 몸부림치는 소리가 바람에 날리며
약속도 없는 외로운 곳에서 그대에게 취해 버린다.

딸내미

28년간 희로애락을 함께했던 딸이 시집을 간다고 한다
딸내미의 보드레한 얼굴 새색시 같은 모습으로
엄마 이 세상에 태어나게 해줘서 고마워요

딸내미가 17년 전에 시집가기 전날 엄마인 내게 한 말
듣는 순간 가슴이 뭉클하고 울컥했다
목이 메오고 먹먹해진다

잘해주지도 못했는데 딸아이의 사랑은 샘이 되어 솟아나는데
사랑이 마르지 않는 샘물 자상한 딸내미는
두 아이의 어미가 되었어도 나에겐 아직 어린아이다

정이 많고 사랑을 할 줄 아는 사람
사랑을 줄줄 아는 사람
울타리가 되어 준 딸아이
큰 나무가 되어 그늘도 되어 주고 쉼터도 되어 주고
아낌없이 주는 나무가 되었다.

얼음지치기

알고 있었을까
처음부터 우정인 듯 아닌 듯
뜨거웠던 친구의 열정
속마음 얼마나 헤아렸을까

추억 속에 소녀도
어디선가 백발이 되었겠지
지금도 그때처럼 음악을 좋아할까
나처럼 그 누군가의
해바라기가 되었을까

세상살이에 치이고 지쳐
치솟는 열정 불태우지 못하고
일찌감치 놓아 버린 꿈
기다려도 오지 않았던 기회는
언제쯤이면 내게 돌아올까
기억 저편에 숨겨 두었던 생각을
백발이 성성한 이제야 깨운다

얼굴 한 번 본 적 없지만
같은 꿈을 꾸는 인연으로
오래된 친구처럼
생각을 공유하고 소통하며
잃어버린 너를 찾는다

옆에 오래 두고 싶은 친구들이
나의 꿈을 칭찬하며 응원한다.

인생

인생은 60부터라 했던가
꿈을 꾸며 기다릴 때
지금은 참으라고 해서 참아온 침묵의 시간
나중에 하라고 해서 참고 살아온 세 번째 스무 살

세 번째 스무 살 문턱에서
꽃다운 나이가 이제는 백발이 되어
절규해야만 했던 시간은 옳은 길이었을까
어쩌다가 어른이 되어 똥이 되어 버린 꿈

60살 넘어 글쓰기를 시작했고 직장생활 후
정년퇴직하고 나니 갑자기 할 일이 없어지자
우울증에 걸려서 아파했던 시간

선을 넘는 시선과 민폐를 미칠 수도 있는
마음 둘 곳 없는 외로운 시간
마음을 진정시키며 날마다 증명해야만 하는 삶의 터전에서
오뚝이처럼 버틴 삶

하얀 눈이 펑펑 내리는 날
군고구마 익어가는 하얀 겨울
찌그러진 양푼에 동치미 무 한 덩이 이파리
파 한 조각, 삭힌 고추 하나
국물 가득히 채워놓은 양푼 위에 내려앉은
하얀 눈이 맛을 보고 있다.

낭만 여행

비가 오는 거리를
달리는 버스에 몸을 싣고
무작정 떠나는 길

차창밖에 보이는 흰 구름이
산허리에 솜사탕을 만들어
선물로 내려 주고 있다

구름 사이를 지나며
이 멋진 풍경 낭만의 도시에
어쩜 이리도 예쁜 추억을 한 아름 담았을까

비 오는 날에 수채화처럼.

망각의 굴레

우리들의 이야기
지금밖에는 봄이 한창입니다
지금 어때 하고 물어보고 싶은데

안부가 궁금한 사람들에게
난 괜찮아 바람과 함께 안부를 전합니다

아지랑이 기지개 켜고 다가온 봄날
잃어버렸던 봄날 산책길에 은은하게 퍼지는
헤이즐넛 커피 향에 취해 그대를 망각할 때가 슬프다

파란 하늘은 보이지 않고
비틀비틀 비구름이 하늘을 덮고
후드득 떨어지는 빗소리에 울고 있다

거미줄에 맺혀 있는 이슬방울 그네를 타고
벗어나기 위해 몸부림치는
피리 소리가 퐁당퐁당 메아리친다.

사랑 꽃

박태기나무꽃이 임에게 봄을 올립니다
목련꽃 화답하는 봄날
개나리꽃이 사랑으로 싹을 틔웁니다

멈춰 선 가슴에
꽃신을 신고 날아온 하얀 솜털이
양지바른 오솔길에서 손짓하는 임의 사랑입니다

가시가 돋친 붉은 장미 꽃잎이
또르르 떨어진 잔인한 오월에
조심스레 다가온 붉은 장미와 하얀 찔레꽃

소박한 그때의 가슴속에 담긴 봄을
당신을 위해 소환해 봅니다

붉은 노을을 바라보며 절규하는 봄날에
속삭이는 봄 아지랑이 기지개를 켜는 달콤한
구름 정거장에 무지개를 타고
안개처럼 먼지처럼 그렇게 시간을 붙잡고 옵니다.

잊어야 할 첫사랑

잊어야 할 사람
지워야 할 사람
그림자도 지우렵니다

그 사람 기억도 아픈 사랑도
당신이라는 이름도 지우렵니다

그대 흔적도 지우려 합니다
아무것도 남기지 않으렵니다

멀어져 간 첫사랑
미운 정 고운 정 담았던
그 사람
이제는 잊으렵니다.

첫사랑

아련하게 떠오르는 첫사랑을
잊지 못한 그리움에 찾은 바닷가

나 대신 소리 내어 울어주는 갈매기
내 마음을 아는지 소리친다

파도가 밀려오는 모래밭에 묻어둔 너와의 사랑
가슴에서 파도칠 때
인적 없는 백사장 등대 아래
둘이 걷던 바닷가에 잃어버린 너를 찾는다

이루지 못한 첫사랑
조각난 너의 그림자
눈물짓고 있다.

외할머니의 여름방학

실고추처럼 가는 초승달 아래
별들이 졸린 눈을 비비는
밤하늘

정다운 외할머니의 옛이야기 보따리는
엄마 어릴 적 이야기로
밤하늘을 수놓는다

달그락달그락
할머니의 입김 돌담 틈새를
비집고 들어온 솔바람

머리카락 사이로
할머니의 거친 손이 토닥토닥
북극성을 재우고

어둠을 돌돌 말아
새우잠을 청하는 이 밤에
배고픈 초승달도 함께 잠들어 간다.

봄날의 땀방울

화려한 기억 속에 나의 봄날은
달래 냉이 쑥 산나물 한 포기에도
행복했던 시간이다

가슴이 녹아내리도록 찾아서 고사리 꺾으며
배고픈 줄도 모르고 산기슭을 오르고 또 올랐다

배고픈 시절 파릇파릇 새싹 보리
양지바른 논둑길에 쑥 돌미나리 질경이 황새냉이 씀바귀
모든 것이 반찬으로 풍성했던 어린 시절의 봄날이다

잃어버린 어제와 오늘을 간직한 봄날
봄꽃들이 아파트 화단에 조경수로 화답하는 봄날
키가 큰 목련꽃 개나리꽃 화려한 벚꽃이 흐드러지게 피어도
바라보는 나를 외롭게 한다

가슴속에 살아있는 지난날을 기억하면서
웃을 수 있는 지금, 이 순간 봄을 사랑한다.

안부

북적거리는 카페에 가슴속에서 반쯤은 비워진 추억이
가슴속에 차곡차곡 쌓이는 안부가 궁금한 사람들

그리움이 별처럼 달처럼 내리는 창가에
자동차 불빛이 품어내는
도시에 정다운 그 이름 그 얼굴들
멀리서 바라만 보아도 행복했던 날들

그리움이 머무는 곳에 사무치도록 보고 싶은 친구들
어디서 무엇을 할까
보고 싶은데 지나가는 불빛이 마음을 달래준다

잔잔하고 애절한 유행가를 음악을 들으면서
깜빡이는 추억을 하나하나 더듬는
창가에 화려한 수많은 자동차 불빛
거리마다 애달픈 눈망울.

종로3가 마지막 열차

점점 더 깊어져 가는 서울의 밤
하나둘 졸고 있는 신작로 네거리에
바람에 흔들리는 샹들리에를 바라보며
한잔 술에 취해 시계를 본다.

마지막 열차를 기다리고 있는 취객들 사이에
사랑도 우정이라고 하면서 선을 그어 놓은
가로등 불빛에 가려진 얼굴 뒷모습 꿋꿋하게 서 있다

순수한 사랑이 산을 넘고 강을 건너 달을 사고 별을 산들
사랑으로 산을 사고 기억으로 달을 사고 별을 산들
채워지지 않는 것을 어찌하나

가진 것 무엇이며 남긴 것 또한 무엇일까?
둥근 곳에 둥글게
인생이 가끔은 떠도는 먼지처럼 떠돌아다닌다

겨울바람 하얗게 불태웠던
종로3가 철길 위를 달리는 마지막 열차 마지막 칸에서
너를 기다리면 와줄래?
밤을 잊은 그대 울고 있는 사랑아!

구름이 집어삼킨 달님

휘영청 달 밝은 밤 베란다에서 바라보는
달빛도 유리창 너머 졸고 있는 가로등 불빛도
그리움들을 그려 모아서 달빛인 양
밤새 불을 밝히고 있다

말없이 하늘 높이 떠서
위험한 밤길에 환하게 불 밝혀준 달빛
세상에 다리가 되어 주던
달빛 하나 별빛 하나 반짝이며 동행을 한다

빌딩 숲 가가호호 창가에 스미는 불빛에
자리를 내어 주고 캄캄한 밤 무서워서 우는 밤새
길어진 그림자에 빛을 비추어 준 달빛

외로운 밤 창가에 놀러 오던 날
둥근 보름달이 사연 하나 가슴으로 품은 정겨운
보름달이 보이지 않는 날

달맞이꽃 수줍게 웃고 있는 거리로 달 마중을 하러 간다
어젯밤에는 어디서 무엇을 했을까
오늘은 무엇을 하다가 이제 왔을까

쓸쓸한 이 밤이 다가가기 전에는 돌아와 줄래요.

이별

잊지 못할 굽어진 오솔길에 사랑을 속삭이는 동백꽃
동녘 바람이 시샘하는 그 봄이 오면
그대 거친 숨소리는 이별이라고 한다

아기 동백꽃 수줍은 사랑을 애타게 그리지만
그저 바라만 보는 투명한 세상
바람 부는 갈대밭에 그림자 하나

그리워서 눈시울이 붉어진 운명 앞에서
꽃잎 지던 날 우린 말없이 울기만 했지
그 숨결까지도 사랑했던 날들 날 잊힌 은하수 길

반짝이는 미리내 밤하늘에 듬성듬성
스치듯이 지나간 단 한 번의 순정
밤마다 영혼의 촛불이 꺼질까
첫사랑 그대 돌아오지 않는 당신의 이름 석 자

허공에 찢어진 마음이 이렇게 아픈데

잠 못 이룬 창가에 인공불빛 거리마다

그림자마저 흐느끼던 그 순간

가가호호 창가에 잠들지 못한 시간은 말이 없다.

사랑이여

라일락꽃 침묵하는 봄날
보랏빛 라일락꽃 향기에
그대여
사랑의 꽃이 핍니다

사랑이 멈춰 선 그날
우리의 가슴속에
제비꽃 피는 양지바른 오솔길에
모두 다 떨어져 버린 지난 이야기

가시 돋친 붉은 장미가
흐드러지게 피어나는 6월
붉은 노을을 바라보며
밀려드는 그때의 기억을 더듬는다.

봄날

낙락장송 소나무 옆에
찢어진 가슴

웃음으로 통곡하는 봄날
동강 나 버린
뜨거운 눈물
사랑하는 방법을 몰랐어

웃음을 잃은 바람은
강가를 달리고
숲길을 달려도
지나가 버린
아름다운 봄날인 줄을 몰랐었다

그토록 아름다운 추억인 줄
진정 몰랐었다.

사랑의 열매

가을걷이 한창인 황금벌판에
코스모스가 아름다운 이 계절
현이랑 소희가 가족이 되었다

첫인상은 천사의 모습으로
검은 눈동자 입가에 그윽한 미소
행복한 모습으로 내게 왔다

하얀 드레스의 신부와 멋진 턱시도 새신랑
알콩달콩 속에서 열어본 보석상자
반짝이는 두 개의 빛나는 보석들이
너의 곁에 있으니 보기만 해도 행복하다

두 아이의 아비와 어미가 되어
눈이 부시게 하얀 피부에
꼬물꼬물 꼬마의 미소가 어찌나 행복했던지
나를 참 설레게 한다

곱고 고운 보석상자 안에는 소중한 보석들이
변해가는 21세기 주역으로 인생을 논하고
기록하고 기억하면서
현이에게 선물 같은 날들이 되었네!

봄 안개

봄날의
냉이가 바닥에
누워 춤을 춘다

신선한 아침
붉은 영산홍꽃 피는 날
나를 설레게 한다

모른 체 하고
떠나간 붉은 영산홍꽃
가로수길에 푸른 옷 갈아입고

산새들의
휘파람 소리가
하늬바람 뒤로 사라진
길모퉁이

쓸쓸한 고양이
그림자만 세고 있는 봄날.

여름

유난히도 더운 여름
비지땀이 아랑곳하지 않고
폭포처럼 내린다

파란 하늘 뭉게구름 사이로
크고 작은 생각이 길 잃은 걸까

떠도는 힘겨운 바람 사이에
버틸 수 있었던 오늘도
초대받은 것처럼

은행나무 침묵 아래
흐려지는 기억이
하늬바람 뒤로 사라져 버렸다

배롱나무를 보며
활짝 웃을 수 있었기에
너라는 정답을 알게 되었다.

소낙비

비가 내립니다

몽글거리는 하늘에 올라간 조각구름 하나가
먹구름 되어 소낙비로 내립니다

뜨거운 여름 더위를 식혀주는 소낙비가
얼룩진 이번 생의 사연을 하나둘 세척합니다

울다가 웃다가 설움을 토해 내며
마음 달래던 오솔길에 소낙비가 내릴 때면
내 가슴도 소낙비처럼 내립니다.

음악 치유

한적한 숲 산새들 친구 삼아
빛바랜 의자에 텅 빈 마음이 자리 잡고 앉았는데
멀리서 들려오는 음악 소리
아련하게 귓전을 맴돌고 있는
유명한 영화음악
나자리노 음악이 흐른다

보니 엠의 노랫소리는
그때의 갈래머리 소녀의 가슴을 적신다
자주자주 들어오던 음악인데
그때의 생각들로 가득하여
좀처럼 이 자리에서 움직일 수가 없다

이어서 들려오는
볼모리아 악단의 감미로운 연주 음악
이사도라 음악 소리에 이 밤 발걸음을 세우고 있다.

믿음

애가 타는 속마음을 찢는
당신의 간절한 기도 속에
눈물은 묻어 두고

기나긴 시간
힘들고 아파도
죽을 만큼 아픈 것도 아니더라

그 무엇을 찾아서
빈 가슴 채워도
슬프게 하는 것들이 똬리를 틀어
감당키 어려워도

때가 되면
홀로서기 하려는 믿음이
여백을 채우고
나를 감싸고 있더라.

사랑앓이

캄캄한 밤
초승달도 정다운 이 밤
설렘 가득했던 날 시작된 사랑앓이

세찬 바람까지도 사랑했던 날들
찻집 라운드에서 내려다보는 풍경 속에
유혹하는 자동차 불빛들

훅하고 들어오는 어제와 오늘의
아파하는 또 하나의 별
나만의 발길을 환히 비추어 준 별빛 따라

인공이 만들어 낸 불빛 별밤의 풍경이 낯설지 않은데
빠르게 빛을 타고 흐르는 그런 모습
도시는 이렇게 멋진 아름다운 모습이라고 눈이 말한다

모든 것들이 쓸쓸한 이 밤이 가기 전에
사라지는 기억 하나
내 하나의 사랑은 어디서 무엇이 되어 다시 만나리.

정

사무치게 그리운 정 눈물 속에 남겨진 그때는
그림자 일지라도 지워지지 않습니다
눈부신 그날들 그 햇살이 쏟아지는 숲길
푸른색을 더하기 하는 날

가끔은 햇살이 들어 올리는 푸른 하늘
풀 파도 너울춤 추는 곳에
붉은 장미 웃음소리가 담장 넘어
손짓하는 곳에 반항도 했지만
봄의 절정 꽃길에 눈길을 주었네

약속도 없는데 누군가를 만나야 할 것 같은
설움 안고 떠나간 길에
이름 모르는 들꽃이 방긋 웃는 소리

어디선가 날아온 하얀 나비
토끼풀 꽃잎 위에 맺은 인생 속의 세 잎, 네 잎 클로버
보송보송한 꽃잎 위에 놓은 이 세상
위험한 세상이 그녀를 춤추게 한다.

나리꽃은 발레리나

풀 파도 너울 춤추는 곳에
우아하고 아찔하게 춤을 추는 발레리나

우아한 자태를 뿜어내는 들판에 너를 보면
심장이 파르르 떨린다

곱고 고운 너를 보면 내 마음도 흐뭇해
뜨거운 마음이 젖어 고개 숙인 채 걷는 길

뜨거운 태양 아래 살며시 고개 숙인
너를 보며 내 마음에 담는다

아름다운 모습이기에 가는 발걸음
눈으로 미소로 찰랑거리는 풀 파도가 감싸

저 멀리에 들리는 매미의 애절한 울음소리에
망초대 하얀 꽃이 춤을 춘다.

소녀와 소낙비

비를 좋아했던 날
추억에 젖어 비를 맞고 거닐던 그 골목길
우산을 손에 들고 옷깃을 적시던 소녀
빗속으로 걸어가는 뒷모습
빗물에 담그고 있는 그녀를 보았다

소낙비가 내려 흙탕물이 되어 흐르다가 냇물이 되어
노란색 미니스커트를 적시던 소낙비
그 빗속을 행복하게 거닐었지

백발이 되어도 비를 맞으며 걷고 있다
장맛비에 잠시나마 걷던 걸음 멈추어 볼라치면
비에 젖은 잊힌 첫사랑
기억이 나질 않는다.

냇물이 되어 흐르는 장대비로 반쯤 가려진 어깨를
가방끈에 지어 주고 소낙비에 온몸을 맡긴다
그때처럼 흐르는 물속으로 어떤 그리움을 찾아
송사리 떼처럼 거슬러 올라가는 그녀

신발이 물에 담긴 채 걷는 길
아무도 없는 골목길을 한 바퀴 돌고 돌아도
끝내고 싶진 않아 걷는 이 빗속에서
그리워하는 그녀의 뒷모습을 빗방울에서 보았다.

만추의 사랑

청명한 계절에 그 미소와 그 눈빛을 사랑하겠습니다
높은 하늘과 청명한 날씨 밀잠자리 노니는 들판에
코스모스 춤추는 가을을 사랑하겠습니다

서늘한 바람이 불어와 머리카락을 만지고
후두두 떨어지는 알밤과 상수리나무의 도토리가
가을 향기 속에서 다람쥐를 유혹하는데
평범한 당신의 가을 밤하늘을 사랑하겠습니다

평범한 일상이지만 날 지켜봐 준 날들
가을이 오밀조밀한 숲길에 구구대는 사랑 소리는
그대의 첫사랑 그대의 끝 사랑이길 바라며
황금벌판을 지키는 나는 허수아비랍니다

가을걷이 이야기는 끝이 보이지 않는데
변해버린 들판에 널브러진 각양각색의 그릇에다가
행복을 담습니다

그대 모르게 가을이 그렇게 깊어져 가고 있습니다

당신의 가슴속에서 뜨겁게 뛰는 이 가을

가장 멋스러운 당신을 사랑하겠습니다.

풋사랑

그녀의 어릿광대 풋사랑
구름 타고 시소게임을 하네
파란 하늘 흰 구름에 실어 보낸
아무도 모르게 사랑했던 날

하늘에 담긴 사랑이 마르지나 않았을까
맹세했던 그 사람은
꽃들이 가득한 이 거리 오르락내리락 시소게임

욕심 없는 하루 빙글빙글 돌고 돌아
설레는 이 순간
아름다운 하늘과 풀 파도가 풍금을 치는 숲길

구름의 바다를 가로질러 잠겨 있는
무지개 구름다리의 비밀번호를 초기화시킨다

진심이 말을 하는데 들리지 않는가
여기서 멈추어서 오르락내리락
시소게임은 구름 정거장에서 멈추자.

해바라기 꿈

아침 이슬에 취해 고백한다

민낯이 부끄러운 해바라기가
고개를 숙인 채송화에게 찰랑이고 다가간다

눈 부신 태양이
바람을 데려와
순수함 속에 눈을 뜬다

상상 속의 나는
민들레가 되어 꿈을 꾼다

시간은 멀었는데
성급한 마음이
풍경화를 그린다.

녹차

유난히도 푸른색을 좋아하는 난
자연경관이 병풍처럼
드리워진 아름다운 곳에

산허리를 끌어안고
흘러내린 머리카락을
쓰다듬어 올리고
따듯한 녹차라테 한잔

오늘도 초대받은 적 없지만
청중은 나 혼자
초대받은 것처럼 음악을 틀고
작은 것에도 여유를 갖는다

별것도 아닌데 나에게
인색했었네
시간을 아끼고 아꼈건마는

흐르는 시간을 그냥저냥 보내 버린

지금 나에게 필요한 휴식의 시간이었다

이렇게도 아름다운 봄날.

오늘 같은 날

파아란 하늘에 올라간 마음은
항상 난 네가 궁금했다
돋보기를 쓰고 바라보고 있는 하늘의 끝은 어디일까

오늘은 노란색 개나리꽃으로 피우고
내일은 연분홍 진달래꽃 피우고
모르는 척하는 하얀 목련꽃 봉우리 맺혀
당신을 기다리고

하루하루의 돌고 도는 인생은
내일은 내일 하리라
호탕하게 웃는 웃음소리가 사라진 아쉬운 젊은 날들

미친 예술가로 취해도 보고 혼자서
기다리는 지금, 이 순간 행복한 시간이었다

가지 말라고 해도 바람 따라가 버렸기에
오늘 같은 날
파아란 하늘에 올라간 마음
정원에 내리는 부족한 그 모습 비추어 본다

잘 튀겨진 팝콘을 하늘을 가득히 채우고 사랑했던 날
바라만 보아도 행복해
팝콘을 연일 볶아서 그냥 매달아 놓은 팝콘 나무
너를 보면 행복해.

사모곡

어머님 당신은 이름 석 자 뒤에
이하 여백이라는 마지막 마침표를
남겨 놓고 내 곁을 떠나셨습니다

복잡한 내면의 상처 여백을 채우지 못한 채
당신이 없는 빈자리에
하얀 카네이션을 바칩니다

보이지 않는 당신의 속삭임
귓전에 맴도는 어머니의 체취를 찾아
마지막 인사를 고합니다

어머니 이 세상에 태어나게 해줘서 고맙습니다
어머니 당신을 사랑했습니다
어머니 감사합니다.

춘천행

사라진 연기같이 맴돌고 있는
색깔 없는 추억을 간직한 춘천행 열차에
몸과 마음을 싣고 홀로 떠나는 여행

하늘을 펄펄 날으며 벚꽃이 눈처럼 내리는데
어이해 잠들지 못한 시간 두물머리 세미원 연못가에
안개같이 연꽃은 피어오른다

한 마리 새가 되어 다시 태어난다면
북한강 남한강 이루지 못한 간절한 사랑
세미원 연꽃으로 태어나 그대와 함께하고 싶다.

고독한 인생

바쁜 세간살이에
변해가는 건 나뿐인가
그 가치와 가치를 어디에 둘까

아름다운 거래는
머나먼 미래에 남겨둘 유산이기에
고독한 삶의 완성을 똑딱거리는
시간이 말해줄까

희망가를 즐겨야 하는 21세기는
쉬지 않고 그대와 나의 가슴에
불을 지펴 놓고 있다.

다시 사랑할 수 있다면

신이 나에게
사랑하게 한다면
무엇을 사랑할까

사랑을 어디에다 숨길까
누구를 사랑할까

사랑을 담는 철학 속에
미처 깨닫지 못하고
지나간 사랑

동화책에 멋진 주인공처럼
모든 것을 다 쏟아내고
아낌없이 사랑하리라

최고로 아름다운
사랑을 하리라.

그대 안에 블루

그대 안에 기억이
불어오는 차가운 바람에
조금씩 무뎌진다

달빛 고운 밤
홀로 걷던 발길이
그림자에 가려 바람이 되어 헤매고
아름다운 흔적이 조각조각으로 다가와
내려앉는다

그대 숨결은 마음속에 피어날까
그대의 들리지 않는 숨결 소리
아픔을 달래려고 해도
달래지지 않았던
시간의 끝자락 아픔이다

하얗게 지새운 까만 밤
정지된 시간 견뎌낸 시간
아름다운 흔적으로 남는다.

미운 사랑

사랑했기에
서러움도 참을 수 있었습니다

사랑했기에
괴로움을 견딜 수 있었습니다

사랑했기에 혼자서 감당했고
어려운 순간에도 불구하고
참아온 나였습니다

그놈의 사랑 이야기는
여기 어딘가 숨기고 싶은
나였습니다.

세상에 내딛는 발길

이슬비 오는 화랑공원에
문인들의 희로애락이 소담스럽게 피어
꽃처럼 활짝 웃는다

신록의 푸르름이 병풍처럼 둘러싸인 안산의 자랑
시화 작품이 보는 이들의 눈과 마음이
행복했으면 좋겠다

문인들의 미소 띤 얼굴이 멀리서 반기고
그들의 삶 인생의 동반자가 되어 주고
꽃잎 또르르 떨어지는 풍경은
찰칵 한 컷의 사진이 되어 내 곁에 숨을 쉰다

저마다의 희로애락이
녹아 내려앉은 시화 작품은 시선을 불러 모으고
남녀노소 관심 있는 발걸음은
오랜 시간이 흘러도
누군가의 추억으로 남겨지길 바란다.

해바라기

첫사랑이 그리운 해바라기가
고개를 들어 물었다

먼 길을
떠돌아다니는 먼지에게
전하지 못한 편지를 쓴다

그리운 사랑이라 하지 못한 사랑을
지구별에 나팔바지 소녀가
기고만장했던 지난날들

라면만이 최고의
요리라고 했는데

성공하면 비싼 요리 많이 사줄게 하면서
호탕하게 웃음을 짓던 친구가 그립다.

금덩이 반 참관 학습

– 참관 학습에 초대해 준 5학년 2반 김혜영 –

손녀딸의 책상 위에 (시집 꿈꾸는 DNA) 떡하니
놓여 있는 것을 보았다
숨길 수가 없는 미소 속에 행복한 나들이가 되어
참관수업은 행복한 미소로 화답했다

푸른색을 더하기 하는 날
더 멀리 더 높이 꽃잎 휘날리며
참관 학습하는 날
어서 오세요 화사한 봄 꽃잎 손짓하며 웃어주는 교정에
똑똑 하이힐 소리가 메아리치는 숲길에 보일 듯 말 듯
키가 큰 노송나무 아름답게 자리를 잡고
예쁘게 단장한 교실이다

소곤대는 샛별들이
밝게 빛나는 교실로 향하는 가득했던 발걸음은
누군가의 추억으로 빛바랜 추억이 전설이 된 교정
허공에 놓인 듯이 5층에 자리 잡은 교실에는
빛나는 보석들이 모여 반짝반짝 빛을 내고 있다
어느 사이 나도 금덩이가 되어 있다

손녀딸 친구들이 인사를 건네는 그윽한 눈빛에
손녀딸 반 친구들이랑 행복한 미소로 나를 설레게 했다
손녀딸 혜영이에게 고마운 마음 전한다

금덩이 반을 빛낸 어린이 여러분 선생님 사랑합니다.

저물어 가는 인사동

뉘엿뉘엿 하루가 저물어 가는 도시
고즈넉한 공간 속에
투박한 걸음들

향기 나는 그리운 벗들 함께
때 묻고 해묵은 추억이 쌓인 인사동

골목에 지나가는 취객 사이로
버스킹 하는 은행나무 아래로
얼마 안 되는 관중들

동선 아래에 너랑 나랑 주저앉아
설움으로 토해내는 시심 밭에 영혼들은
한잔 술에 상상 속으로 빠지고

허름한 카페 분위기는
돌아가는 불빛이 토해내는
술잔을 따라서 나를 비우니
찻잔인지 술잔인지
가는 정 오는 정
붙잡고 싶은 그대여라.

찔레꽃이 되었습니다

찔레꽃이 피면 온다던 그대여
찔레꽃은 이렇게 피었습니다

당신이 없는 이곳에
야속한 시각에 맞춰서
찔레꽃은 피었습니다

동네 한 바퀴를 돌고 돌아
당신의 흔적을 찾아보아도
오지 않는 걸음

기다리는 마음 서러운 눈빛
내일이면 찔레꽃이 떨어질까 봐
조마조마하는데
그대 발걸음은
그리도 더디게 오시나요
이 밤을 새우고 나면 오시렵니까

그대여
찔레꽃이 지기 전에 돌아와 주세요.

가을 사랑

가을이 오는 길목에서
코스모스가 사랑을 했습니다

바람이 흔들어도 오지 않는
그대를 부르고

무지개를 찾아 떠난 것을
알았는데

구름에 비친 나를
마실 나온 달빛이
말도 없이 지켜 보고

첫사랑 그대를
아직도 잊지 못한 나였습니다.

하얀 조가비

붉게 물든 석양을 바라보며
휘파람 불던 소녀

마중 나온 푸른 달빛 아래
갈래머리 소녀를 아시나요

반짝이는 눈동자
갈대밭에 부서진 추억들을 줍고 있는
내 맘 알까

눈부신 하얀 조가비의 첫사랑
모래밭에 파도가 흔적을 찾아
밀려드는데

부서진 물보라만
맴돌고 있네요.

담았다

작은 그릇에 담긴
설움을 어찌 감당했을까

아가야 우리 더는 울지 말자
깨어진 유리 조각을 버리지는 못하고
담아야 했던 가슴속에
이제는 햇살을 담아 보자

다랭이 논둑길에 쏟아지는 피곤함
기쁨으로 담아 보자.

희로애락

보고 싶어서 찾아 나선 하얀 깃털이
이슬비 오는 공원에
소담스럽게 피어 웃으면서 반깁니다

풀 파도 손짓하는 공원에 산새들 울음소리
어우러진 풍경이 보는 이들의 눈과 마음에
사랑으로 모락모락 피었습니다

산새들 벗 삼아 유유히 흐르는 구름 사이로
친구들의 미소 띤 얼굴들이 멀리서 반기고
춤추는 꽃잎 또르르 떨어지는 풍경은
찰칵 한 컷이 되어 줍니다

너는 누구니 하고 묻는다면
행복한 시인이라고 대답하렵니다

저마다의 희로애락이 녹아 시선을 불러 모으고
남녀노소 관심 있는 발걸음이
누군가의 그리운 날입니다.

봄을 기다리며

봄을 따라 나의 마음 따라
겨우내 잊어버린 너를 잊고 있었네
지쳐 버린 가지에
얼어 버린 나의 사랑이

지금쯤이면 눈을 비비고 깨어날 때
그때 나는 무엇을 해야 하나
가는 세월 속에 묻어
오는 봄에는 주인공이 되어
시작하면 되리라

봄이 오면 우리들의 세상
꽃이 되고 잎이 되고
너의 눈 속에
너의 가슴속에 파고들어 꽃을 피우리라.

내 마음에 푸른 신호등

생각들로 가득한 눈빛이
꼬리를 물고 질문하고
판단하고 있는 신작로

네거리 신호등은
빨간색, 파란색, 노란색 신호등 모여서
교통정리를 하네

엇갈린 잣대
감정들이 내면의 속에서
하나하나 줄 세우고

까칠한 잣대는 각자의 방법과
형식으로 선택하고
나를 판단하고 있었네

너와 나 마음속에 재회는
차마 하지 못한 진심이
맘속에서 깜빡이는데

헝클어진 머리처럼
엉켜 버린 아픈 기억도 슬픔도
네거리 신호등 따라 멈춘다.

만남의 첫인상

사랑하는 엄마와 나는
눈과 키가 큰 멋지고 믿음직한
새아버지를 처음 만났다

주름치마를 만들어 주기도 하고
스웨터와 목도리를 짜 주던 아버지는
바느질 솜씨도 좋았다

연필을 예쁘게 깎아주기도 했고
양 갈래머리를 땋아주기도 했던 아버지의
자상한 모습이 좋았다.

어린 마음에도 가족이 함께해서 든든했고
사랑을 받았던 행복했던
그 시절이 그립다.

사랑의 우체통

허전한 마음 깊은 곳에
빨간 우체통 하나
간절하게 그대의 소식을 기다리고 있는
빛바랜 빨간 우체통

말없이 오늘도 어제처럼
비가 오나 눈이 오나
곱게 접은 사연을 기다린다

분홍 봄날엔 꽃이 피는 길가에서
비지땀 흘리는 여름엔
초록 풀 파도 속에 가득 담은 그대는
이 거리에서 멈추었다

코스모스가 누군가를 설레게 하고
고추잠자리 춤추는 가을날에
사랑하자던 그대는
지금 어디로 가야 만날 수 있을까?

여보게 잘 있는지

고요를 찾아 떠난 여행
구불구불 구곡폭포 물길 따라서 내딛는 발길이
그대와의 아름다운 흔적이 남아있는 곳

포근하게 감싸 안은 초록
모락모락 피어오르는 물안개
오르락내리락 안개가 그리움으로 적시고
선물 같은 무지개로 나를 반긴다

무지개다리를 건너서면
그 앞에 있을 것만 같은 당신
잘 지내고 있지요?

붉은 노을

시간을 거슬러 어머니의 체취를 찾아
애기봉으로 간다
허전함을 아는지 모르는지 눈가에 바람이 분다

그녀를 생각하는 것만으로도 행복했던 날들
가을을 품은 낙엽을 밟으며 찾아가는 시간만큼
외로움도 쓸쓸함도 잊어버린다

쌀쌀해진 가을 솔바람이 잦아들고 있는 잃어버린 시간에
붉은 노을을 바라보며
바스락거리는 낙엽 소리와
보고 싶은 마음 달래 본다.

바람꽃

화려한 봄날 바람꽃이 나를 유혹하는 들녘엔
풀 파도 푸른색을 더하기 하는 날
보송보송한 제비꽃을 사랑한 바보

노래하는 산새들의 틈새를 비집고
청초한 자태를 뿜어내며
순백의 향수를 마시는 봄 까치

눈 부신 햇살이 나른한 봄날
보라색 라일락꽃 향기가 콧등을 간질이고
은혜의 손풍금 치는 숲길

따스한 봄볕에 마음을 빼앗기고 있는
목련꽃 봉오리의 숨결이 그녀에게도 보일까
당신에게 들릴까

사랑했던 지난날들 복숭아꽃 살구꽃 입 맞추고
그렇게 수줍게 피고 지는
철부지 사랑이 저 멀리서 메아리친다.

사랑했던 날

보고 싶다는 그때의 행복했던 시간
무심한 시선이지만
그 도도한 모습
눈웃음 속에 이별이라 하네요

방긋 웃는 눈웃음 속에 머무르고 싶었는데
당신이 품어내는 향기 속에서
써 내려가는 당신의 이야기

허락 없이 쓰겠습니다
보고 싶었다고
사랑했었다고 쓰겠습니다.

당신이 없는 지금, 이 순간
사랑했던 기억을
따뜻한 가슴으로 채웁니다.

삶을 디자인한다

선물 같은 날들
삶을 디자인하는 날 기적이 일어났다
미국 서부여행 중에 남은 것은
사진첩뿐일지라도 행복하다

티키타카 여행 중 나에게 다가온 선물이 되어
남겨진 그리운 날들
12시간을 하늘길을 날아 바람을 가르고 날아간
붉게 물든 노을
허락된 하나뿐인 예쁜 그림

여행을 멈추고 싶지 않다
여행은 짝사랑하는 여인의 절절한 사연과 같다

꿈처럼 나에게 안겨준 희망 하나
꿈꾸는 나비가 되어
미지의 세계를 향해 힘차게 날아오른다

12시간을 날아서 도착한 미국 땅
미국 서부 지역 발길 내디딘다.

가난한 어부

잠들지 못한 소녀의 간절한 기도
철썩이는 칠흑 같은 밤
파도 소리는 심장을 두드린다

뱃고동 울리면서 천하제일 고래를 잡으러 떠나가더니
만난 적이 없다는 고래를 찾아도 불러도
어망 속엔 그리움만 잡힌다

모래밭에 발자취 웃으면서 찍는 발자국
고기잡이로 떠나지 못한 소라껍데기
홀로서기 하려는 바닷가에 물보라만 밀려든다

웃음소리가 하나둘
뜨거운 태양이 살며시 데려옵니다
흰 구름 왜 이리도 여유로운지 뱃고동 소리가 낯설어진다.

여름과 가을 사이

상한 마음 고쳐주는 예쁜 보라색
라일락꽃이 사랑이라며
활짝 웃으며 반기는 아침이다

조용히 왔다가 흔적을 남겨두고
사라진 향기가
내 심장을 두드린다

인생 참 별거 없는데
나에겐 참 인색했었다
설레는 하루를 그대와 함께 시작하니
아침이 상쾌해진다.

하얀 눈발의 약속

첫눈이 오면 만나자고 약속했었지

순백의 하얀 첫사랑
내 곁에 숨을 쉬고 싶은 그대였나
그대 곁에서 스쳐 가는 나였나

깊은 잠을 자는 순백의 하얀 공간으로
날 초대해 놓고 돌아오지 않는 그대
하얗던 눈이 하늘을 날리면서 위로하고
낭만을 쏟아내고 있는 지금 그대는 어디에 있는지

하얀 눈이 펑펑 내려
더욱더 생각나는 그때의 그날
하얗게 불태웠던 때를 회상하며
하얀 눈 꽃송이 밟으면서 걷고 있는 그 길에
세찬 눈보라가 친다.

외로움

동지섣달 동장군 얼음길 따라
세월이 가도 꽃은 피는데
가슴속에 하얗게 얼어 버린 감정이
호수 위에 얼음꽃으로 피었다

세상만사에 고단한 몸도 마음도 호수 위에 담긴 채
자리를 잡지 않은 포근한 겉모습
평온해 보이는 흐린 기억
옛 추억 바람에 휘감겨 간다

너의 사랑을 네게 다오
밤 숫자를 세고 울어대는 소쩍새 소리는
살포시 안개처럼 머물고
멀리서 들려오는 풍경 소리가 슬프다

잠들어 있는 숲을 호반새가 깨우는데 듣는 이도 없다
아쉬움만 남기고 간 서툰 눈빛으로
조심스레 걷는 발걸음은
바람을 타는 도토리나무 오밀조밀한 숲길에 비바람이 분다.

추억

기억 속에 묻힌 때가 묻은 옛 친구처럼
가끔 보고 싶은 사람
그리워 눈시울이 뜨거워질 때
바람이 불어와 흔적을 지우고 구름 가듯이 가버린
그 사람이 그대였나 봅니다

바닷가에 맴돌던 우정이 당신을 향해 가는데
물거품 되어 버린 바다로
멀리멀리 가버린 그 모습
혼자서 모래사장 이곳저곳 헤매고 있습니다

갈매기처럼 그저 멀리서
조용히 널 지우며
모래바람에 휘감기어 숨결을 고르고
서로의 사랑이 눈물이 되어 흐릅니다

물거품으로 남겨진 등대 아래 작은사랑
오늘도 숨죽이며 옷깃을 스치고
그 마음 그대를 향해 비춥니다.

갈등

남남으로 만나서 서로에게 예의를 지켰더라면
부부의 예를 조금이나마 갖추었더라면
서로의 마음을 이해하고 배려했더라면
지금처럼 아프지 않았을 텐데

영글지 못한 사랑의 열매
쭉정이가 된 열매는 어느 곳에도 쓸데없는데
정성을 들인 마음 정원에
주렁주렁 쭉정이 열매들

그때의 어리석음과 성급한 마음이
앞서거니 뒤서거니 서로를 보지 못하고
보이지 않는 유리 벽 안에
사랑 찾는 외톨이 시린 가슴에
슬픈 노래가 되어 눈물을 삼킨다

사랑이라는 남겨진 숙제가 버겁고
사랑이라는 감정과 기억 속에서 상처만 남아
그렇게 지우개로 지워야 할 그 사람이다.

친구

북적거리는 카페에서 문이 열릴 때마다 쳐다본다
찻잔을 마주하고 혼자 앉아 친구들의 얼굴을
그려 보는 이 순간 찻잔에 안부가 궁금한 친구들이다

그리움이 별처럼 달처럼 내리는 창가에
자동차 불빛이 품어내는 도시에
정다운 그 이름 그 얼굴들
멀리서 바라만 보아도 행복했던 날들이다

그리움이 머무는 곳에
사무치도록 보고 싶은 친구 얼굴을
지나가는 불빛이 마음을 달래준다

잔잔하고 애절한 유행가를 들으면서
깜빡이는 추억을 하나하나
창가에 화려한 수놓은 불빛 거리마다
애달픈 눈망울이다.

두 번째 꿈 꽃으로 피었다

소심한 자존심을 흔들어 놓은 꿈
물거품이 되어 버린 꿈
기다리다가 똥이 되어 버린 꿈
괜찮지만 괜찮지 않은 꿈

상처투성이 꼬마가
달빛 아래서 때로는 별빛 속에
넣어두었던 꿈에 주문을 건다

하고 싶은 일들
보고 싶은 것들
수많은 장벽 시련은
쇼윈도 속에 마네킹이 되어 간다

버겁게 했던 바보스러운 지난날들
식어간 꿈을 꾸며 열정이 가득했던 날
꿈을 눈물로 지우던 소녀에게
뜨거운 열정이 그녀를 춤추게 했다

산산이 부서진 꿈에 꽃이 피었다
멀어져 간 꿈
어느 하늘 아래 물보라로 젖어 드는 숨결 안에서
첫걸음을 옮긴다.

사랑

당신이 차 한잔에 추억을 마신다면
나도 그 옆에서 향기 나는 추억을
한 잔 마시고 싶다

당신이 추억의 그 길을 걷는다면
나도 그 옆에서
추억의 길을 걷고 싶다

당신이 추억을 노래한다면
나도 그 옆에서 당신과 함께한
추억을 노래하고 싶다.

차 한 잔에 내 마음을 담고

오늘도 따듯한 차 한 잔에
마음을 담는다

내 삶에는
그동안 너무나 인색했었다

지나간 날들은
괜찮아

그래도 그동안
아파했던 마음
조금은 쉬어가며 응원해 준다

쓰디쓴 커피 한 잔에
나를 찾았다.

황혼에 키우는 꿈

전경자 제2시집

2023년 7월 26일 초판 1쇄
2023년 7월 28일 발행
지 은 이 : 전경자
펴 낸 이 : 김락호
디자인 편집 : 이은희
기 획 : 시사랑음악사랑
연 락 처 : 1899-1341
홈페이지 주소 : www.poemmusic.net
E-Mail : poemarts@hanmail.net

정가 : 10,000원
ISBN : 979-11-6284-458-8